U0033117

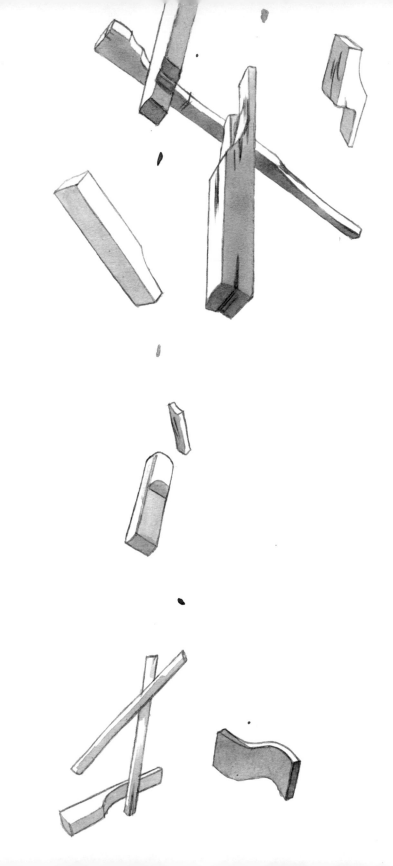

就 這麼發生了
JUST SO HAPPENS

小幡文男 Fumio Obata

虛構 016 就這麼發生了 Just So Happens

作者：小幡文男 Fumio Obata

譯者：吳宜蓁

出版者：愛米粒出版有限公司

地址：台北市 10445 中山北路

二段 26 巷 2 號 2 樓

編輯部專線：（02）25622159

傳眞：（02）25818761

【如果您對本書或本出版公司有任何意見，歡迎來電】

總編輯：莊靜君

編輯：黃毓瑩

企劃：林圃君

排版：王志峯

印刷：上好印刷股份有限公司

電話：（04）23150280

初版：二〇一四年（民 103）七月十日

定價：320 元

總 經 銷：知己圖書股份有限公司

郵政劃撥：15060393

（台北公司）台北市 106 辛亥路一段 30 號 9 樓

電話：（02）23672044 ／ 23672047

傳眞：（02）23635741

（台中公司）台中市 407 工業 30 路 1 號

電話：（04）23595819

傳眞：（04）23595493

國際書碼：978-986-90385-6-0

CIP：861.57 103008315

因為閱讀，我們放膽作夢，恣意飛翔──成立於 2012 年 8 月 15 日。不設限地引進世界各
國的作品，分為「虛構」和「非虛構」兩系列。在看書成了非必要奢侈品，文學小說式
微的年代，愛米粒堅持出版好看的故事，讓世界多一點想像力，多一點希望。來自美國、
英國、加拿大、澳洲、法國、義大利、墨西哥和日本等國家虛構與非虛構故事，陸續登場。

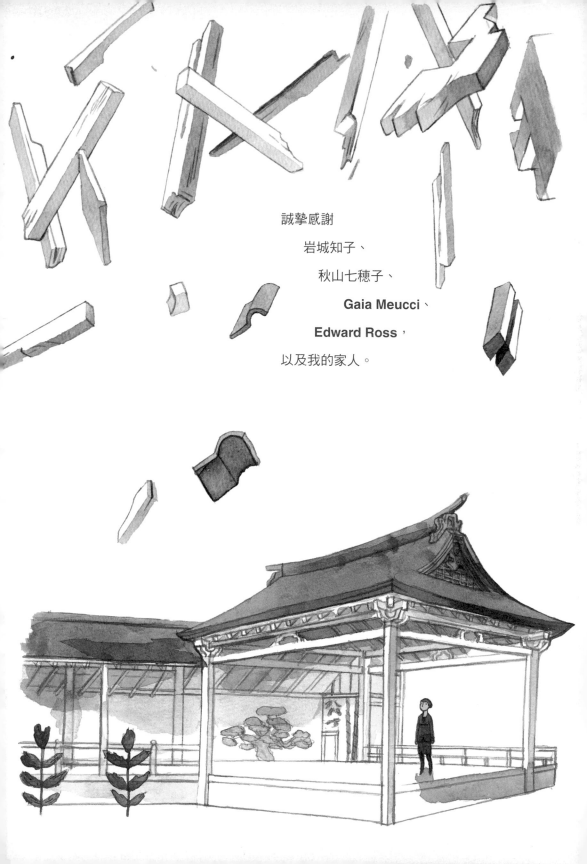

誠摯感謝

岩城知子、

秋山七穗子、

Gaia Meucci、

Edward Ross，

以及我的家人。

I

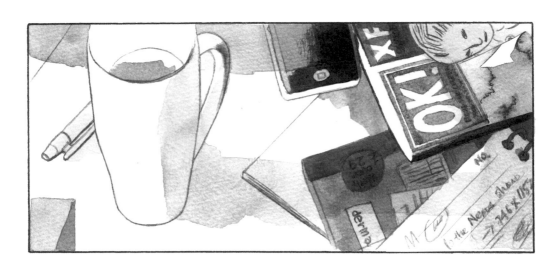

二〇一〇年五月，倫敦

我在這裡多久啦？

這些喧鬧、

　　混亂、

繁忙、

　　活力

以及開闊。

我還記得
初來乍到
這城市的情景。

我以身處
其中為傲…

除了那些
不舒服的
事物…

還有迴盪在
空氣中的緊繃感。

我是日本人，
偶爾還是會
回日本…

但這裡，倫敦，
是我的家。

弓子。

他們是日本人對吧？

啊？

剛剛經過我們的那對男女。

哇，馬克，

怎麼啦？你一向搞不清楚的。

嗯…

我還是分不出中國人、韓國人和日本人的差別，但是…

我通常可以從妳的反應中分辨出來，不過那非常微妙。

當另外一個、或一群日本人經過妳身邊時，

妳會故意不看他們，或別開視線。

馬克！你都這樣偷偷觀察我嗎？很鬼祟耶！

……

啊，喔…對不起…

嘿，這對我來說很神祕啊，妳知道嗎？

……

其他日本人到底是哪裡讓妳不舒服了？

神祕？

嘻嘻嘻

拜託…

比如說呢？

試著去國外長住一段時間，你就會知道了。

不知道啦，說不定我就是自大而已。

呃…

我真的
從來沒想過⋯

可能是我這些年來
一直很努力要融入這裡,
所產生的某種恐懼症吧。

弓子?

妳收到
設計草圖了嗎?

啊,有啊,
妳要不要
現在一起看看?

哈啊啊囉喔喔!
小姐們,要來個
午茶時間嗎?

老天，妳去哪裡弄來這些奇妙的茶？

我在克拉伯罕發現一家超酷的店，

那個是加了埃及薄荷的異國茶飲！

喀啦

丹妮拉？

怎？

妳來倫敦多久了？

多久啊？

大概…10…喔，不！已經11年了。

妳來這裡有那麼久了嗎？我都不知道。

對啊，我也不敢相信，真有點嚇人！

弓子，那妳來這裡多久了？

19

我來這裡已經…

蘿拉,電話!

噢,

我在等
這通電話!

謝啦,
羅伊。

我們回去工作吧,
各位。

嗯…

4、5、6…

這些年來,

有時候我就是
忍不住會去算。

就像小孩子的年紀一樣…

或許，這就是
外來者的習慣？

…8、9、10…

還有…

突然之間，
就這麼發生了。

鈴鈴鈴鈴鈴

嘿，怎麼了？
發生什麼事？

緊急
事件。

弓子？

馬克，抱歉。

我們現在
可以回家了嗎？

那是我弟弟從日本
打來的電話。

他說爸爸
發生了意外，
剛剛過世了。

弓子，
妳確定妳
沒問題嗎？

別擔心，
我會盡快回來。

我是說，
如果妳想
要的話，
我可以和妳
一起去日本。

不，馬克，
真的…
我會沒事的。

別傻了！
妳就好好
和妳的家人們
相聚吧。

妳在說什麼？

啊？

謝啦，蘿拉，
但是我們必須
繼續工作⋯

我們下禮拜 Skype
一下，討論報告的
事情吧。

那好吧，

我會等妳電話⋯

噗，

這是日本人
的習慣還是
怎樣？

我在前往搭機
的途中…

一直留意著
我的手機…

希望會有另外
一通電話，告訴
我是弄錯了…

但電話始終
沒有響起…

依舊是回家的行程…
只是這次不一樣…

我清晰記得
那年的一切，

不僅是因為
那時的悶熱和潮濕…

呼,也太
熱了吧!

真是,我到底
為什麼選在夏天
回來呢?

我想我是有點想家了吧…

突然之間
非常想念家鄉。

又有人找上我，提供一個
在這裡接案的工作機會。

我沒有辦法拒絕…

我想我得
調適一下
我的腦袋，
畢竟我離開了
那麼久…

呼呼呼呼呼…

但這又提醒了我，
我是多麼習慣英國的夏天了。

啊，對耶，聽說
就是今天晚上。

嗯……

好，今天就
先到這。

去陽台
看看好了。

石平

呃？

爸，我不知道
你已經回來了。

嘿。

那這次
你要去爬
什麼山？

在新潟縣旁的那座。
我在當地大學裡教課，
妳知道吧？

真的很不錯，
我上完課後就去
登山，在農舍裡
住了一夜。

.....

妳也
應該來的，
弓子。

就跟你說過我現在沒有時間啊。

我不是回來度假的，有很多工作要做。

呼，可惜啊，現在山上的景色正美呢。

嘖。

？

那棟討厭的建築是什麼時候蓋的啊？我念高中的時候還沒有。

哈哈。

那我們出去，靠近一點看好了？

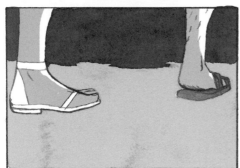

拜託，弓子，別說傻話了。想做什麼就去吧。

⋯⋯

妳不需要得到我的批准⋯知道吧？

但是⋯

我有另外一件事要問妳。

妳現在沒有交往中的對象吧？

什麼？

我同事有個兒子
跟妳差不多年紀…

他人感覺還不錯，
學歷好，
工作也穩定…

嗯…

！

如果我安排的話，
妳有興趣去見見他嗎？

好啦，弓子。

啊？妳覺得呢？
不要錯過這樣的
好機會。

我以為你已經放棄這件事了…

結婚的事情…

我還要把我的想法再跟你說一遍嗎？

妳不可能
永遠做現在
做的事情，
回來日本
會比較好…

抱歉！

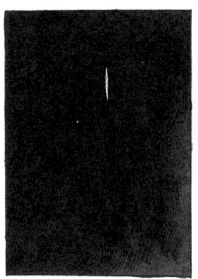

為了避開這個話題，我走進當地的神社，
小時候我曾在這裡玩。

我感到
愉悅而訝異，
因為這裡幾乎
沒有什麼改變…

而且裡面
是如此平靜…

這股平靜簡直令人不可思議，
外面的喧鬧人潮距離我所在位置
不過十幾公尺而已。

受不了蚊子！
煩死了！

還好我有
噴防蚊液。

！

噢，這是「能劇」
的劇場⋯

傳統的
面具表演。

⋯但他們
在這個時間排練嗎？

不可能吧！

哇…!!

這種靜止…
這種動態…

如此強烈，
卻又精巧的
於同一時刻…

完全在
　　掌控之中…

　　　絕佳的對比…

我簡直無法
　　移開視線…

小姐，
不好意思？

您選好
餐點了嗎？

呃…

您要牛肉
還是雞肉？

不了⋯謝謝，
我不餓。

不過，
可以給我一杯
奶茶嗎？

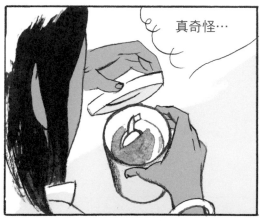

真奇怪⋯

現在回想起來，
那個劇場感覺
好不真實，
像夢一樣。
那件事真有
發生過嗎？

妳是學生嗎？

?

…不是，我是設計師，和朋友在倫敦一起開了一間設計公司…

啊，所以妳是要去日本度假嗎？

我想妳應該是日本人吧？

我要去看我最小的兒子，他在那裡教英文。

他已經在那裡兩年了。當初他跟我說的時候，我真的很擔心。

這麼重大的決定，他卻沒有告知家裡的人或找我們商量。

喂，

我是弓子，我剛剛下飛機了。

我弟弟在嗎？

你是哪位？

啊，幸人，是你嗎？

姑姑，不要掛斷！我讓她跟妳說，等一下！

來，跟姑姑說話！

不行，不可以抓，妳說話就好…

慢慢來，幸人，輕點！

好了，不要逼她了，她才…八個月大吧？

呵，哈……

時差
開始發作了，
我也已經覺得
這次就和之前的
返鄉一樣…

我的心
還沒有
準備好。

II

登山在日本是
相當普遍的運動…

然而，
人們經常會忘記
它有多危險…

每年都會有
許多意外事件…

有些甚至
釀成死亡…

爸爸有多年的登山
經驗。

所以我們
從不太擔心他。

但是那天出了什麼差錯…

我們還是不知道
究竟發生了什麼事。

他從懸崖上滑落，
墜落約二十公尺…

嘿，乖乖，
怎麼啦？

啊哇
哇啊
啊啊

沒有關係，讓我
看看。

對不起，香織，
我真是笨手
笨腳的。

幸人，把寶寶的
袋子拿過來…

幸人，不要再玩
任天堂了，把袋子
拿過來。

沒關係，
我來…

幸人，
現在就拿過來！

啊…

今晚我們要守夜。

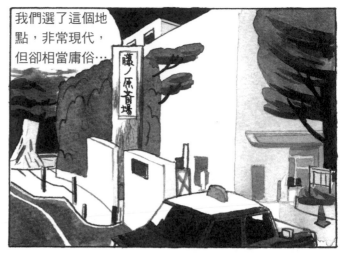

我們選了這個地點，非常現代，但卻相當庸俗…

提供了所有葬禮的儀式服務，包括火葬室。

啊，妳在這啊。

親戚們已經來了，我們應該過去跟他們打招呼。每個人都在房間裡嗎？

對。

太讓人意外了⋯

最讓人難過的是沒有機會跟他最後道別。

真的很遺憾⋯

那妳的姪女,她從那個⋯是倫敦嗎,回來了嗎?

妳說弓子嗎?是啊,她已經回來了,感謝老天。

我很擔心他的孩子們,他們一定還是非常難過⋯

嗯,他們的媽媽不能來,但我可以陪在他們身邊。

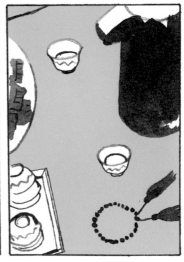

謝謝各位的耐心等候。

也非常感謝你們今晚來陪伴我們，想必各位都是百忙中抽空前來。

在儀式正式開始前，我們想致上誠摯的感激之意…

謝謝你們在過去幾天，所給予的支持和奉獻。

謝謝。

壽人，我的弟弟，他擔任主導的角色，因為他是家中唯一的兒子…

我們的姑姑（爸爸的妹妹）前來協助我們規劃喪禮的儀式，處理場地和費用事宜。

兩天前

嗨,姑姑⋯

對,我在
路上了。

不用擔心,
我知道他們
辦公室在哪⋯

不,不用,
我沒事。

我還想
說要
先洗
個澡、
換套
衣服。

壽人已經
在妳那邊
了嗎?

等一下見。

呵⋯⋯

他是大學教授，所以應該會有很多人前來。

但是我們希望盡量維持小型、私密一點…

好的。

我們根據個別客戶需求，提供各種不同的選擇。

這簡直像是購物型錄。

心温まるXモリアル家族葬

485000円 437850円 510,160円

這套禮儀方案看來符合我們的要求，它包含了所有儀式…

沒有包括交通接送，我們就可以省下一些錢用來支付食物和飲料…

這裡面也包括唸頌佛經嗎？

當然有。如果你們需要取戒名的話，這裡有清單…

啊，戒名！我們當然需要。

啊，戒名出現了…

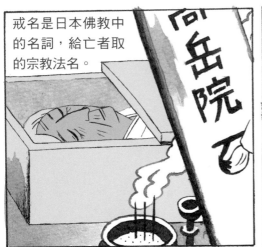

戒名是日本佛教中的名詞，給亡者取的宗教法名。

在日本習俗中，家族成員會請僧侶給亡者取個新名字…

我想這個概念應該是源自每個人往生後都會成為佛祖的門徒…

每個人都有權被佛祖祝福，因此要取個佛教名字…

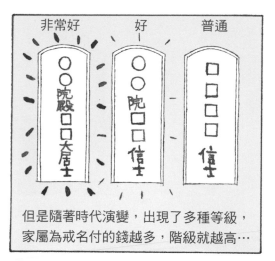

非常好　　好　　普通

但是隨著時代演變,出現了多種等級,
家屬為戒名付的錢越多,階級就越高…

但是又有什麼
不同呢?

你是說這個方案
不包括戒名嗎?

沒有,
抱歉。

尊敬死者是
可以理解的。

但用錢買的,
我就覺得
很不對勁。

這全都是
面子問題…

嗯？

嘿，
是壽人。

他在做什麼？守夜
還沒有開始啊⋯

壽人…

主祭的僧侶已經到了,我們差不多要過去打招呼…

……

嘿,你還好嗎?

當然。對不起,我只是有點…妳知道吧?感傷…

但我現在沒事了。

噗噗噗噗噗噗噗噗噗噗噗

請肅靜，
大野正則先生的
守夜儀式即將開始。

叮叮叮　　叮⋯⋯

自我

叮⋯⋯

我得佛

感傷？

數億

我當然知道
壽人的意思
…

但是我…

很奇怪，
我一點也
不感傷…

我異常平靜，
甚至有點
冷眼旁觀的
感覺…

到目前為止還沒有
掉過一滴眼淚…

怎麼會這樣？
好像有點恐怖
…

老天，
這可是我父親
的喪禮！

一定是
因為這一切發生得
太突然了…

感覺還
不像是真的…

這一切還沒滲入
我的體內…

一定是
這個緣故
吧…

不。**不是的。**

不是這個原因。
妳心裡清楚的很。

這是
因為…

因為…

…

嘿，
等等。

有任何人知道這個僧侶到底在
唸什麼嗎？這是什麼意思？
哪一部經書？哪個章節？

知道這個
不是很重要
嗎？

嗯，是說，
誰在乎呢…

這個時代，儀式
對我們的意義早
已微不足道了…

就像戒名一樣，
一切都只是拘泥於
形式而已⋯

為什麼？

為什麼我會在這時
突然想起你？

這跟你有什麼
關係？

....?

…能劇的藝術特色
就是排除人的自然動作
和自發反應…

表演者透過一些象徵
高貴教養的動作，
壓抑角色的情緒…

再加上面具…

就變成了一種
美麗的藝術。

是哪本書呢？
我記得看過這個…

但是內心呢？

表演者的內心可以像我這樣
保持平靜和超然嗎？

如果形式和禮儀
凌駕於情感
之上…

那麼這裡的
一切是多麼
愚蠢又毫無
意義…

但儘管如此，
我依然參與其中！

啊，我現在
所在的地方…

知道嗎
…

我在劇院裡…
表演著某個橋段，
假裝事不關己…

《白雪公主三部曲》，
二〇一四年八月，
進攻台灣，造反你的閱讀視覺！

★ 顛覆格林童話版的《白雪公主三部曲》，自
二〇一三年二月出版以來，海外版權迅速狂銷
四十三國！

★ 故事懸疑、驚悚程度更勝《千禧年三部曲 I：龍
紋身的女孩》！

鵝絨般的白雪覆蓋整座大地，處處皆閃耀著動人的光芒，不一會
兒工夫，鮮紅貪婪地吞噬這片祥和，女人應聲倒下，血液也從溫
燙變為冰冷，少女白雪隨後捲入錯綜複雜的毒品交易之中，她是
否能逃脫威脅，還是像這個女人一樣，惟死一途？

愛米粒出版有限公司
Emily Publishing Company, Ltd.

PUNAINEN
KUIN VERI

SALLA
SIMUKKA

（中文書封製作中）

《白雪公主 I：像血一樣紅》

莎拉・西穆卡　Salla Simukka

1981 年生，身兼翻譯家和青少年小說作家。寫過多本小說和一部集結成冊
的短篇散文，翻譯作品則有成人小說、童書和戲劇。也為芬蘭大報《赫爾
辛基日報》撰寫書評。此外，她也是專為青少年出版文學作品的 Lukufiilis
網站副主編。

作者介紹

2013 年 1 月，莎拉・西穆卡以其小說 Without a Trace
Elsewhere 獲得了 Topelius 獎，此獎是芬蘭歷史最悠久的獎項，旨在表揚芬
蘭最優秀的童書與青少年讀物。

故事的主角白雪・安徒生，一位念表演藝術的 17 歲少女，不像一般女孩
喜愛打扮，穿著中性又不修邊幅的她總是將自己置身所有事物之外，不與
其他同儕打交道，卻在某一天，她在學校的攝影暗房中發現被清洗晾乾的
五百歐元鈔票。隨即便發現自己被捲入一場錯綜複雜的國際毒品交易中。

揭開序幕

被捲入這起事件漩渦的白雪，需面對來自俄羅斯與愛沙尼亞的罪犯，她的
生命遭到威脅。白雪與另外三位同伴逃亡四天之後，她來到一座豪華的宅
邸，這裡正準備舉辦一場傳說中的祕密聚會。在這棟宅邸裡，所有的祕密
將被揭發。

VALKEA
KUIN LUMI

SALLA
SIMUKKA

TAMMI

（中文書封製作中）

《白雪公主 II：像雪一樣白》

白雪旅行到了布拉格，在咖啡館中遇到一位行徑詭異並自稱是她同父異母
姊妹的女孩，她說服白雪加入一個神祕的宗教組織。白雪進一步瞭解這組
織根本就是個邪教團體，並意外地發現教主正要發動一場集體自殺計畫。
危險即將襲來，白雪決定用盡全力阻止悲劇發生……

（中文書封製作中）

《白雪公主 III：像烏木一樣黑》

學校正在排演現代版本的《白雪公主》，白雪被選為扮演白雪公主一角
排演進行得相當順利，直到白雪不斷收到匿名愛慕者的紙條騷擾，並警
白雪若是不回應他的需求，就要血洗公演會場。白雪這回能夠直視一直
來不願面對的黑暗祕密，並揭露匿名者的恐怖真實面目嗎？

愛米粒出版
Emily

To: **愛米粒出版有限公司　收**

地址：台北市10445中山區中山北路二段26巷2號2樓

當 讀 者 碰 上 愛 米 粒

姓名：＿＿＿＿＿＿＿＿＿＿＿　□男 / □女：＿＿＿ 歲

職業 / 學校名稱：＿＿＿＿＿＿＿＿＿＿＿＿＿＿＿＿＿

地址：＿＿＿＿＿＿＿＿＿＿＿＿＿＿＿＿＿＿＿＿＿＿＿

E-Mail：＿＿＿＿＿＿＿＿＿＿＿＿＿＿＿＿＿＿＿＿＿

- **書名：就這麼發生了**

- **這本書是在哪裡買的?**

a.實體書店 b.網路書店 c.量販店 d._____

- **是如何知道或發現這本書的?**

a.實體書店 b.網路書店 c.愛米粒臉書 d.朋友推薦 e._____

- **為什麼會被這本書給吸引?**

a.書名 b.作者 c.主題 d.封面設計 e.文案 f.書評 g._____

- **對這本書有什麼感想?有什麼話要給作者或是給愛米粒?**

- -

※ 只要填寫回函卡並寄回，就有機會獲得神祕小禮物！

讀者只要留下正確的姓名、E-mail和聯絡地址，
並寄回愛米粒出版社，即可獲得晨星網路書店$30元的購書優惠券。
購書優惠券將mail至您的電子信箱（未填寫完整者恕無贈送！）

得獎名單將公布在愛米粒Emily粉絲頁面，敬請密切注意！
愛米粒Emily: https://www.facebook.com/emilypublishing

愛米粒出版有限公司
Emily Publishing Company, Ltd.

壽人。

你在做什麼？
主持的僧侶要走了，
我們得去送他離開。

哎呀，不好
意思，姑姑。

弓子呢？

不知道。

老天，你們兩個人
真是莫名其妙！

感謝您今晚
前來誦經。

明天見。

那麼明天，喪禮
是 11 點開始…

嗯。

拜託，
接電話啊，
馬克。

或至少
回我簡訊…

喔不！

又是語音信箱。

我知道你可能在忙，
但拜託接我電話…

請留下
您的訊息……

真不敢相信這只是
守夜結束而已。

明天會比今天還要
漫長…

要堅強啊，
孩子！

?

老天，他看起來
好像只是在睡覺
……

他是背部著地的，
所以臉部完全沒有
損傷。

幸人。

不要
再咬指甲了。

你不過去見
爺爺一面嗎？

啊，
姑姑。

不要了…
我們明天不是
還可以看嗎？

是沒錯。

那妳呢，
姑姑？

妳回來之後
有看過他了嗎？

還沒。

弓子，
妳來啦。

過來仔細看看
他安詳的面容。

好。

我可憐的
哥哥！

他一定
非常開心
看到他心愛
的女兒…

呵，
哈……！

…趕回來
送他最後一程。

什麼？

妳怎麼可以
這樣，弓子？

很對不起，
姑姑，
但這是時差，
我控制不了。

呵…！

把妳的包包放在這裡可以嗎?

真的很謝謝妳,弓子。

妳這次要待多久?

不到十天吧。

不久之後就得參加一些工作會議。

可以的話,離開之前到我家來吃個晚餐,大家聚聚吧。

好啊,如果我抽得出時間。

這裡結束之後,我要到京都去看媽媽。

這樣啊。

很遺憾她不能來參加。

我知道。他們離婚是什麼時候的事了?

明天見囉…

呵…

好乾淨的天空。

明天一定是個晴朗的好天氣。

！

嗶

是什麼？

沒什麼。

一定是馬克回我簡訊了。

不要再亂跑了，趕快上計程車，弓子。

我有些話想要跟妳說…

89

我沒有打電話給馬克，
發覺自己反而是回到了
大廳…

因為我
突然了解…

…守夜開始之前，
壽人為什麼會
獨自在這裡。

他有些事
想告訴
爸爸…
只有
他們兩人
獨處時…

因為在此
之後，
就不會
再有機
會了。

爸，我可以跟你談談嗎？

什麼事？

我想要去倫敦讀設計。

我寄出了申請表，現在拿到面試機會。

那妳的工作呢？

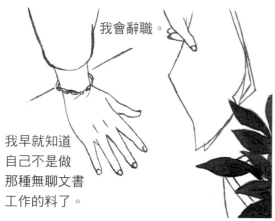

我會辭職。

我早就知道自己不是做那種無聊文書工作的料了。

那就是妳一直在存錢的原因嗎？

你不懂嗎？我需要挑戰，測試我到底有多少能力？

弓子，妳知道這些需要花多少錢嗎？

設計？對一個
女孩子家來說，
真的值那麼多錢嗎？

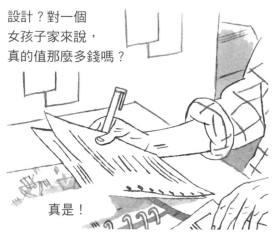

真是！

爸⋯

我要結婚了⋯

下一刻…

我把手伸進
他的棺木裡…

觸碰
他的屍體…

輕撫著…

一股陰沉的寒意
流過我的身體。

我打了個
寒顫。

原來這就叫做死亡。

任由它
進入
我體內
吧。

進入我最真實
的內心

燃燒

我所失去的感覺和情緒，

現在一點一滴
的湧上。

重新找回了它們的聲音。

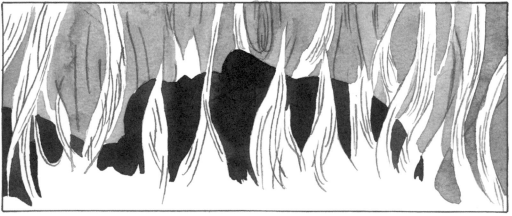

還要再一下下
才會結束。

爸，
為什麼要火葬？

啊？

嗯，喔。

我想，
這是佛教的傳統。
我們相信
人的身體和
心裡有許多
不潔淨的成分，
所以在生命
結束時…

我們需要火焰
來燃燒一切，
這是去天堂之前
的淨化，懂嗎？

………

淨化？

那是
什麼？

嗯，有很多意思，
不過主要是把東西變得
乾淨和純潔。

乾淨？

………

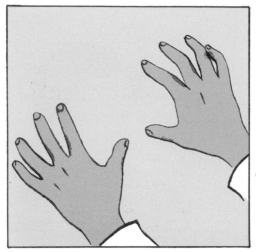

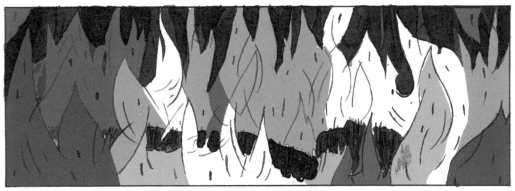

弓子…

III

好，
所以你看了嗎？
我十五號回去。

噗，但前幾天是怎麼了？
妳一直沒接我電話，
我都不知道發生了什麼事。

對不起，馬克，
那天晚上很傷感，
我的思緒亂成了一團。

弓子，我真的很擔心，知道嗎？

聽著，只要妳想打給我就打，好嗎？

謝謝…總之，我就是十五號那天回去…

什麼？

嘿夠了喔，我跟你說過，那聽起來一點也不像親親！

嘻嘻嘻，好了，停，那聽起來超噁心的，嘻嘻嘻！

我也想你，也等不及了。

嗯哼，你自己也保重喔。

那再見喔！

不過呢，我也要回敬你，就像你剛剛那樣！嗯嗯嗯嗯嗯嗯

嗯嘛嗯嘛

咳。

啊？

……

離開日本前的最後一點時間，我到京都去看媽媽。

我爸媽在壽人和我才十幾歲時，就離婚了。

我記得媽媽因為聰明外向，而飽受她自己的家人和爸爸那邊的家人的批評⋯

但一向專業、獨立、自重⋯

她一直都是讓我受到啟發的對象。

還有⋯

若是她可以在倫敦、紐約這樣的城市裡生活和工作，成就一定不可限量⋯

我們有好多好多
必須談談的事。

嗨，媽！
謝謝妳來
接我。

別客氣！
見到妳總是
很開心，
弓子。

呼。
我需要喝
點東西。

喔，我有些
英國茶可以
給妳喝。

不，沒關係。
我可以喝
綠茶嗎？

啊，不一樣
了呢…

給妳，這是妳要我從大英圖書館買來的書。

啊啊！太棒了，妳真是了不起！

那麼妳現在做的題目是什麼？

妳聽過勃朗特姊妹吧？是關於十九世紀的文學…

主要討論當時的女性作家。我受邀對這主題做一系列的廣播單元。

妳讀過她們的作品嗎？

不可能啦，媽，我沒有妳那麼聰明。

一定要看看，而且要看英文版的。

哇，這是妳的新書嗎？妳什麼時候寫的？

啊，

壽人打過電話來，他很快也要來京都了。

那太好了。

這裡很酷吧？

什麼？

從妳的形象來看，沒有人會想得到妳也會來這種吵鬧的海鮮餐廳吃飯…

他們應該會覺得妳該去那種高貴、典雅的餐廳…

妳沒有那種刻板的行為表現,這就是我喜歡妳的地方。

喔,我之前和學生來過這裡,就這樣而已。

妳想要吃什麼?

爸也喜歡來這種熱鬧、忙亂的餐廳吃飯。

所以他火葬之後…

禮儀公司的那些人把他的骨灰放進一個嶄新的骨灰罈裡…

超驚人的…
所有事物都根據他們的時程表進行，讓我想起了準時到達的子彈列車…

子彈列車？
為什麼？

妳知道這裡的列車都很準時吧？感覺就有點像那樣…

好奇妙的比喻！

我的意思是那麼地有效率…

結束之後，
一個長輩跟
我們說：

「你們看到生命有
多麼短暫了嗎？

趁還有機會時就
盡量體驗…」

…我就知道一定
會有人跟我們說
這種話。

唉。

那麼，妳一定有很好的理由囉？

關於妳正在做的事情…

人們總是喜歡用這樣的陳腔濫調對這種事下結論。

?

…生命是有時間限制的。

而我們無時無刻不在改變…

我們的熱誠、慾望，和目標也是…

重要的是…

找到你心裡那永不改變
的東西。

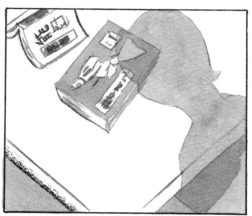

妳在看
什麼書？
這是關於
能劇的嗎？

那些是
妳的書，媽。

我很多年前
看過。

應該是在高中的
時候。前幾天我
突然想起了
它們…

能劇是很精湛的藝術⋯

但是妳得了解日本的古典文化，才會懂得欣賞。

我知道。

它對我來說太嚴肅又太奇怪了，但卻又有點吸引我⋯

不過我對它幾乎一無所知。

總之，如果妳明天還想要到市區逛逛的話，不要太晚睡了。

晚安，媽。

要對西方觀眾解釋能劇的藝術美感實在很困難。

當中的細微差異
實在太精細了，
一定要了解它試
圖傳達什麼概念
給我們…

在日本藝術中，這些形式、表現是幾
百年來，透過許多藝術家精煉而成的…

首重的是悠久的傳統和技巧的傳承，
接著才能有改變和創新的融入…

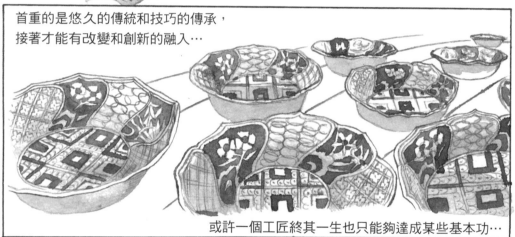

或許一個工匠終其一生也只能夠達成某些基本功…

而在能劇裡，

我們可以從它的形式和表現中，發現其一種
獨特的方式來演繹人的類型、身態、動作…

…甚至是
情緒。

這是種宗教儀式般的轉換，
讓人完全被戲劇占據，或是臣服其中。

為了表現出這種超自然世界的概念，
必須將心和意志徹底地和戲劇角色產生共鳴。

這在過程之中，所有自然的反應都被簡化。

因而轉化成舞台上
「整體結構」中的一部分…

在這樣的嚴謹
與空間中，
「自我」
反而成了
一種阻礙…

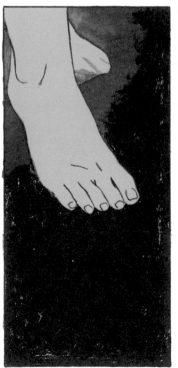

你到底
是什麼人？

我不想再成為你這愚蠢
表演中的一部分了…

不管你的故事
是什麼…

我的人生都不會是
這個的其中一部分。

我也不會
像書上說的
那樣臣服…

嘿！

你有在聽我
說話嗎？

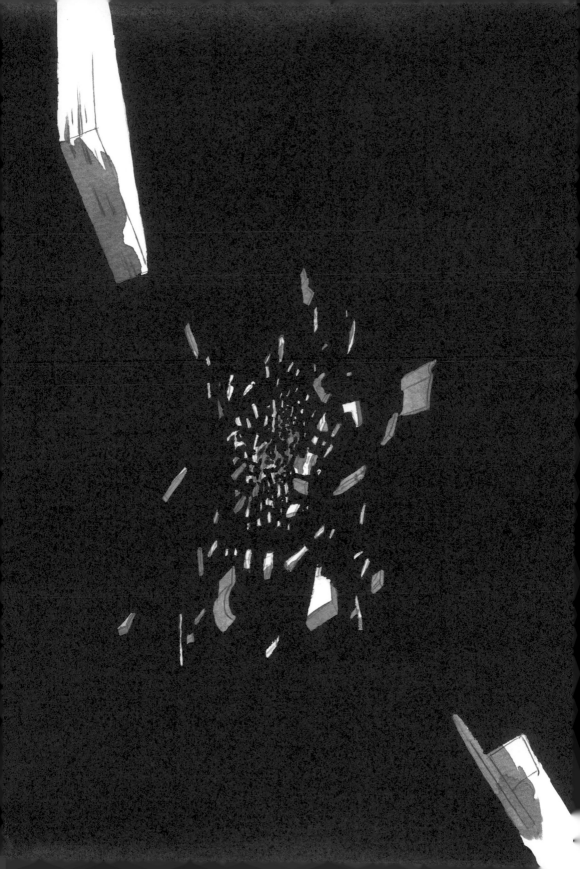

媽，
早安。

早安，

睡得好嗎？

不好，糟透了。

是時差的關係嗎？

不，不是。

好吧，不管是什麼，

反正就是不好的事情。
睡覺前不要再喝茶了。

不過…

今天天氣
看來很
不錯…

妳想要去
哪裡？

訂婚了？

他的名字
叫做馬克，
抱歉我之前
都沒有提過他…

是啊。

媽，妳看起來不是很開心。

……

嘿！

我只是因為這個美妙的消息一下子說不出話而已！

噢，我真替妳開心，高興得不得了！

真的嗎？

當然啊，那還用說…

但是，不需要我多說…

妳確定他是個會支持妳、了解妳熱忱的人吧？不要像妳爸爸…對妳來說，西方人絕對是比較好的選擇。

弓子，
妳還好嗎？

?

我不認為爸爸會希望
我在那裡結婚。

他總是希望我能回來，
而現在我可能不會了。

什麼意思，
弓子？
妳為什麼
那麼說？

…….

我打算離開英國，
回來這裡…

如果不是遇見馬克，
他又向我求婚的話，
我可能已經回日本了。

妳不是在那裡
安頓得不錯嗎？

但是
為什麼呢？

當然是啊。

媽，
別誤會了。

我喜歡
那個城市。

在那有非常多
的好朋友。

對於這些年來他們對我的幫助，我虧欠他們很多…

但是很奇怪…

我迷惑了…

這個地方、這裡的土地和空氣…

不管我怎麼看待它，

這裡就是我的根。

我已經忽視這個事實太久了。

不管妳說什麼或做什麼，這是妳的人生，弓子。

當妳接受我的建議，終於決定要去倫敦追求妳的夢想時。

但記得當初我有多欣慰…

而且妳也替我解決了金錢方面的問題。

是，我知道，這都是多虧了妳。

否則妳會變成什麼樣子呢？一個獨立的家庭主婦？

咁！

媽，這有什麼不好嗎？

不是，弓子，妳不了解。

妳好像一直都對這很不屑。

妳不記得妳和壽人還很小的時候，我為了我的事業有多麼努力嗎？

我真希望我在妳這個年紀時，能有妳這樣的機會。這在我那個年代，根本不可能！

所有人…

甚至連妳爸爸到頭來都反對我…

我只是想要發揮自己的天分，但是卻不被允許，妳能想像那是什麼感覺嗎？

我好像是在實現
妳的夢想，媽…

需要某個角色才
能實現的夢想…

但是我可能
不再需要了。

?

停在那邊就好了，
謝謝妳，香織。

姑姑，如果去
英國要十二個
小時，妳不會
無聊嗎？

喔，他們會提供
娛樂活動啊。

像是
什麼？

看最新的
電影、吃東西、
玩電動…

噠

啊噠

啊噠

幸人，
她還好嗎？

她沒事啦，
媽。

你知道你姑姑
快要結婚了嗎？

或許我們
應該過去看她。

我們可能
趕不上婚禮，
不過很快…

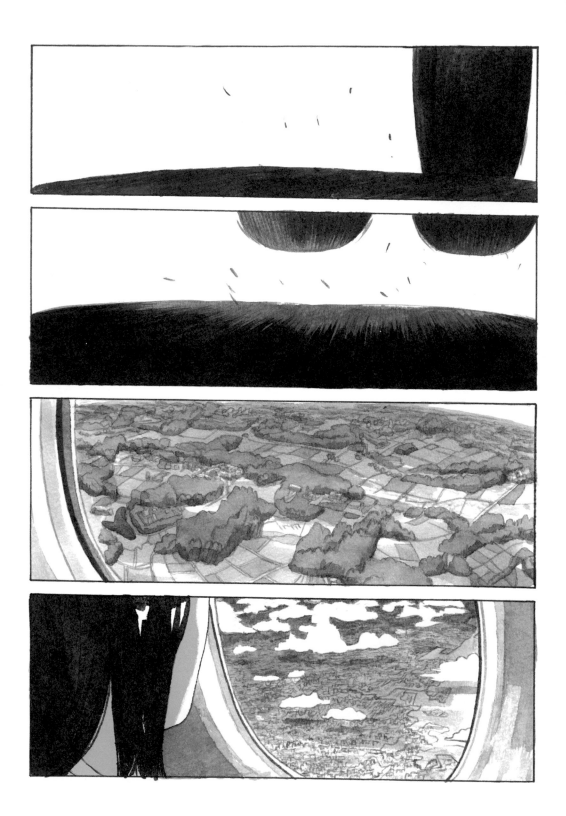

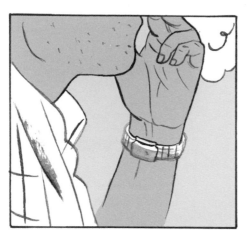

嗯？

為什麼
這麼問？

啊！

拜託，弓子，
別說傻話了。

想做什麼
就去做吧。
妳不需要得到
我的批准…
知道吧？

那幾道門後，
是原本屬於我的生活…

馬克會在
大廳等我…

明天我就會進辦公室，
希望他們會喜歡
我帶回來的紀念品…

我差點以為這一次
就只是跟之前一樣，
不過是在兩地之間
往返的旅程。

一切
都沒有
改變…

都沒有…

而那是好事…

有那樣的感覺
很重要。